ENQUÊTE

SUR

L'ABAISSEMENT DU REPÈRE LÉGAL

DE LA

CHUTE DU MOULIN DE PATIENCE.

Observations de M. J. VAYSON, sur le procès-verbal de visite du 4 Octobre 1855.

Il est à remarquer que ce procès-verbal n'a été clos que le 12 octobre 1855, au lieu de l'avoir été le 4 du même mois, ainsi que le veulent les instructions ministérielles, et que M. J. Vayson, propriétaire du moulin de Patience, n'a pu assister à la visite des lieux, parce qu'il n'a pas été averti dans les délais prescrits par la circulaire indiquée par M. l'Ingénieur lui même; sa lettre de convocation portant les dates des 2 et 3 octobre, pour une opération qui devait avoir lieu le lendemain 4, à huit heures du matin. Quoiqu'il en soit, M. Vayson, son oncle, crut devoir suppléer à son absence et déférer à l'invitation tardive de M. l'Ingénieur.

Ce sont là des irrégularités qu'il est à propos de constater, quoiqu'elles soient insignifiantes en présence des faits que nous allons signaler :

Il est incontestable d'abord que le droit de propriété donne seul qualité pour se plaindre d'envahissements de quelque nature qu'ils soient. Or M. de Moismont, que le procès-verbal signale comme propriétaire d'une portion de

1856

terre prétendue inondée, n'en est que le locataire, et ne peut en conséquence représenter le véritable possesseur qu'en vertu d'une procuration qu'il n'a pas et ne peut produire. Aussi s'était-il abstenu d'assister à cette visite ; mais MM. Delegorgue et Macqueron, les seuls qui se soient présentés, ayant affirmé que la propriété de M. Moismont était en partie sous l'eau, M. l'Ingénieur se laissa entraîner sur ce terrain afin de vérifier un fait qui lui était si étrangement dénoncé.

M. Vayson, s'en référant au nivellement de 1854, ne crut pas devoir l'accompagner ; il résulte, en effet, de ce document, que cette propriété, qui renferme une des sources principales de la rivière de Sottine, se trouve dans un état satisfaisant, ainsi que l'indique le plan dressé à cette époque et sur lequel les *terrains submergés* sont *seuls* désignés par une teinte verte. L'assertion de MM. Delegorgue et Macqueron paraissait donc à M. Vayson tout au moins controuvée.

A leur arrivée sur les lieux ces Messieurs trouvèrent le sieur De Moismont occupé à faire enlever des terres sur une surface d'environ 200 mètres, fraîchement dénudée ; et sur la prière qui lui fut adressée de désigner les points les plus bas du terrain qu'il occupe, ce locataire répondit sans hésiter que toute sa prairie se trouvait au dessous du niveau de la rivière ; mais cette réponse ayant paru hazardée, en face d'une excavation de plus 0 m. 50 c. qui ne présentait pas trace d'eau stagnante, il s'empressa d'ajouter : « *qu'il n'entendait parler ni des tour-* » *bières qu'il avait fait exploiter, ni de l'endroit d'où il faisait extraire des* » *terres.* » Sur quoi M. l'Ingénieur se retira sans proférer une parole, et il n'y avait en effet rien à répondre à cette singulière déclaration qui dénote le parti pris d'une opposition poussée jusqu'à sa dernière limite. Du reste, si l'on jette les yeux sur le plan de 1854, on voit que les profils passants en travers des tourbières signalées comme les points les plus bas, donnent sur leurs berges des côtes de 12 ^{m} 46 et de 12 ^{m} 38 à l'ordonnée 12 ^{m} 72 choisie par M. l'Ingénieur, c'est-à-dire une surélevation de 26 et de 34 centimètres. Il est à remarquer d'ailleurs que le terrain dont il s'agit est couvert de pépinières en pleine végétation, et qui renferment les essences les plus incompatibles avec l'humidité du sol.

il y a lieu de s'étonner que M. l'Ingénieur n'ait pas cru devoir consigner ces faits dans son rapport, ainsi que M. Vayson l'en avait prié dans une note en date du 4 octobre et par sa lettre de rappel du 12 du même mois, dont copie est ci-jointe ; qu'il n'ait pas constaté en outre que des 26 opposants qui avaient comparu à l'enquête, MM. Macqueron et Delegorgue étaient les seuls qui eussent assistés à la visite, et que, n'étant porteurs d'aucune procuration, ils n'avaient ni pouvoir ni mission de discuter les intérêts des tiers, requérir des vérifications, etc., etc.

Par suite de la non rédaction du procès-verbal en temps utile, du temps qui s'est écoulé entre ce procès-verbal et le rapport, et des commentaires qui ont pu être faits dans l'intervalle, M. l'Ingénieur a prêté à M. Vayron, une *objection absurde* en ce qui touche les travaux de dessèchement exécutés par M. Macqueron. En effet, M. Vayson n'a élevé aucune plainte contre les chemins ou digues que ce propriétaire a cru devoir faire sur son terrain, mais il a dit, il a écrit et il soutient que le comblement de 48 fossés, qui existaient autrefois sur cette propriété, n'a pu être effectué qu'aux dépens de la surélévation de la prairie; que la digue des fortifications n'a été établie qu'au moyen d'emprunts opérés sur cette même prairie, et que ces deux causes ont concouru à l'abaissement notable du sol.

Si on niait l'existence de ces 48 fossés présentant ensemble une longueur de plus de 6000 mètres et un creux d'une capacité métrique d'au moins 10,000 mètres, M. Vayson s'en référerait au plan du génie militaire et à celui du cadastre, sur lequel il a fait rapporter le tracé qui accompagne l'autorisation accordée en 1808 par M. le Ministre de la Guerre, et on acquerrait la preuve que ces fossés sont aujourd'hui comblés; et il ajouterait, en ce qui concerne la digue militaire, que M. Macqueron, qui a obtenu une indemnité préalable pour l'extraction d'une partie des terres qui la composent, n'est pas en droit d'en exiger une seconde. Si donc M. Vayson a dit à M. l'Ingénieur, dans une conversation particulière et qui n'aurait pas dû trouver place dans son rapport, « *que dans le cas* » *où M. Macqueron perdrait son procès, trois hectares environ auraient* » *à souffrir de l'humidité,* » il n'a entendu parler que de la portion où des terrassements ont changé l'état des lieux et où des extractions ont été faites et pour lesquelles ce propriétaire à reçu un dédommagement suffisant.

M. l'Ingénieur a constaté, en commençant son opération, que le niveau de la Sottine, qui était à 0 ᵐ 13 en contrebas du repère, était descendu trois heures après à 0 ᵐ 15, par suite de la marche de l'usine, et que, malgré cet abaissement, *une surface assez considérable* de la propriété de M. Macqueron était couverte d'eau.

On fera observer d'abord que les fossés de M. Macqueron n'ont aucune communication avec la Sottine; que le jour même de la visite, M. Vayson avait fait vérifier l'état des lieux; qu'à 7 heures du matin les eaux des fossés se trouvaient à 0 m. 03 c. au-dessus du niveau de celles de la rivière, et qu'à 11 heures cette surélévation était de 0 m. 05 c.; en d'autres termes, que les eaux des fossés avaient gagné en élévation ce que la Sottine avait perdu en diminution. Quelle est la cause de ce phénomène ? M. l'Ingénieur nous l'apprend : *Quelques jours avant sa visite le noc conduisant les eaux dans les fossés de la place avait été bouché*. Or, comme les pulverins ne sont en définitive que *des puits artésiens naturels*, qui se produisent à la surface par la force ascensionnelle des sources supérieures, leurs eaux, qui n'avaient plus d'issue par le syphon, se sont répandues aux alentours; mais ce n'est pas un motif pour prétendre que M Vayson soit obligé de leur donner passage en abaissant la retenue de son usine, et qu'il soit à propos, comme le prétend l'Ingénieur, *de faire table rase de ses droits et de ses titres*. Non seulement nous ne sommes pas de son avis, mais nous espérons que la Cour impériale ne partagera pas sa doctrine expéditive (1)

Les religieux de Sᵗ-Pierre ont établi le moulin de Patience, alors qu'ils étaient propriétaires des terrains supérieurs dont fait partie le domaine

---

(1) On vient de creuser un puits artésien dans la propriété de M. Bonnard, tout près de la Sottine et du fossé qui débouche les eaux du pulverin de St-Pierre; l'eau s'élève à 0, 20 c. au-dessus du niveau de la rivière et à 0, 04 c. au-dessus du gazon qui, à la côte 12, 72 de M. l'Ingénieur, donne 12 53. De l'examen fait par le sieur Beurrier, fontainier, foreur de puits, les terrains de M. Macqueron auraient des eaux jaillissantes à plus de 0, 20 c. au dessus de la surface de ses prairies labourées. (Voir le travail de M. Beurrier).

de M. Macqueron. Il y a donc destination du père de famille, et le nouveau possesseur n'aurait droit de se plaindre que dans le cas où la servitude qui lui est imposée aurait été aggravée. Or, trois règlements administratifs démontrent qu'en l'an IX (1801), la retenue du moulin était de 0, 84 c.; qu'en 1827, la retenue du moulin dit de la Pointe, acquis par le Gouvernement, pour le service de la navigation, était de 0, 60 c., et qu'en 1832, les devanciers de M. Vayson ont été autorisés à approfondir le lit de la rivière de 0, 44 c., en aval de leur barrage, à l'effet de profiter de la chûte de ce même moulin de la pointe que l'État leur avait vendue; si donc la retenue du moulin Patience est aujourd'hui de 1ᵐ 30, ce n'est pas par suite de l'élévation du point d'eau en amont, mais par suite de l'abaissement du lit de la rivière en aval.

Il est à remarquer d'ailleurs que le régime de l'an IX (1801) n'a donné lieu à aucune réclamation; que ce ne fut que sept ans après, quoiqu'en dise M. l'Ingénieur, que le sieur Thomas, ancêtre de M. Macqueron, s'adressa, non à l'administration des Ponts et Chaussées, qui n'avait rien à lui accorder, mais au Ministre de la Guerre, pour obtenir, comme une grâce, l'autorisation de faire écouler ses eaux dans les fossés de la place, et en supposant que cette autorisation, qui lui fut accordée à charge par lui de s'entendre avec le meunier de Novion, lui fut retirée, ce ne serait pas encore une raison pour qu'il puisse demander la suppression d'une usine dont le point d'eau n'a pas varié depuis plus de cinquante ans, et ce, pour le plus grand profit de terrains, primitivement à l'état de marais et qu'on veut convertir en terres à labour.

M. Bonnard s'étant désisté, nous ne parlerons pas de sa propriété ni de celle de M. Delegorgue et autres riverains, que M. l'Ingénieur présente comme suffisamment égouttées; mais nous dirons quelques mots des plaintes vraies ou fausses concernant l'insalubrité produite par la retenue ou l'abaissement des eaux de la rivière.

Par qui ces plaintes ont-elles été formulées? Par des ouvriers tourbiers, étrangers à la commune; par le concierge de M. Macqueron, qui a tout intérêt à dire comme son maître, et par des locataires ou des voisins qui

se sont désistés pour la plupart, ce qui indique assez comment leurs si-
gnatures ont été obtenues. Voila pour l'amont.

Quant à l'aval, M. Vayson n'a connaissance ni de ces plaintes, ni du
prétendu procès-verbal dont le commissaire de police nie l'existence. Restent
donc les deux avis du Maire : le premier estime « *qu'il n'y aurait pas*
» *d'inconvénient à ce que la demande de M. Macqueron reçût une solution*
» *favorable.*» Cela peut se comprendre pour M. Macqueron ; mais pour
M. Vayson, y a-t-il nécessité de lui faire supporter une perte sèche de plus
de 50,000 francs ? On n'en dit rien.

Quant au second avis, il est plus explicite.

» *Considérant, au point de vue municipal, que la retenue opérée par le*
» *sieur Vayson a pour conséquence de mettre presqu'à sec, dans certains*
» *moments, la portion de rivière de Sottine, qui circule dans l'intérieur de la*
» *ville ; que cet état de choses produit dans les rues traversées des exhalaisons*
» *insalubres, notamment pendant l'été ; que dès lors la salubrité publique est*
» *intéressée à ce que le point d'eau de Patience soit abaissé.* »

A cela nous répondons d'abord, que si M. Macqueron rendait à la
Sottine les eaux qu'il a illégalement détournées, et qui forment, suivant
le rapport de M. l'Ingénieur, *un volume considérable*, l'inconvénient
signalé par M. le Maire disparaîtrait aussitôt, puisque le trop plein
s'écoulerait incessamment par le déversoir de l'usine ; nous dirons
ensuite que le procès-verbal de visite donne une rude atteinte à ce
dernier avis, puisqu'il constate qu'il y a toujours au moins *un pied d'eau*
dans la rivière, et qu'il y existe une tannerie et des fosses d'aisance.
M. l'Ingénieur attribue à ces causes combinées avec *un léger abaissement*
momentané (1) du plan d'eau, les émanations signalées dans les avis du
Maire, mais il ne les discute pas ; il les abandonne *pour ce qu'ils valent*, et
l'on ne saurait en conclure en effet qu'il y ait nécessité de détruire une
usine pour la conservation de latrines indûment établies et d'une tannerie
que la loi range au nombre des établissements insalubres.

_____

(1) Cet abaissement est de 0, m. 03 c. (trois centimètres), de 9 heures à 10 heures du
matin et de 1 heure à deux heures de l'après-midi. L'usine en amont dépense 10 à
15 cent. par jour.

Il résulte de ce qui précède :

1° Que la plainte de M. de Moismont n'est pas recevable.

2° Que M. Vayson ne reproche pas à M. Macqueron l'établissement de chemins, mais le comblement de 48 fossés.

3° Que les trois hectares qui peuvent souffrir de l'humidité ne s'appliquent qu'à la portion de terrain pour laquelle M. Macqueron a reçu une indemnité du Ministre de la Guerre.

4° Que les eaux de la Sottine n'étant pas en communication avec les fossés de M. Macqueron, on ne saurait leur attribuer la submersion produite par les pulverins.

5° Enfin qu'il y a toujours plus de 0 m. 30 c. d'eau dans la rivière d'aval, ce qui détruit les conséquences des avis du Maire, en ce qui concerne la salubrité publique.

⸺•⸺

Lettre de M. Vayson

à

M. l'Ingénieur.

Abbeville, 12 Octobre 1855.

MONSIEUR L'INGÉNIEUR,

Vous avez eu l'obligeance de m'envoyer à signer le procès-verbal que vous avez rédigé après votre visite des lieux, conformément à votre lettre du 3 courant. J'ai fait à votre employé des observations, et remarqué que j'avais eu l'honneur de vous envoyer une note rédigée en rentrant de cette visite.

Je l'ai prié de vous rappeler la singulière déclaration de M. de Moismont qui a enlevé la terre, pour que le terrain se trouve plus bas à l'endroit que M. Delegorgue avait signalé être inondé.

M'en rapportant à vous pour mes observations, j'ai signé le procès-verbal.

J'ai l'honneur d'être, avec la considération la plus distinguée, Votre très humble et obéissant serviteur.

Pour J. VAYSON,
Signé : VAYSON.

ENQUÊTE

SUR

L'ABAISSEMENT DU REPÈRE LÉGAL

DE LA

CHUTE DU MOULIN DE PATIENCE.

———————

Lorsque M. Macqueron a manifesté ses prétentions à la libre disposition des eaux de sources qui alimentent la Sautine, et qu'il avait détournées au préjudice de l'usine de M. Vayson, il se présentait escorté de vingt et quelques adhérens dont on avait quêté les suffrages. Aujourd'hui ce nombreux cortège commence à lui faire défaut : la plupart des signataires de la pétition colportée par M. Macqueron et ses amis désavouent ce qu'ils ont signé de confiance, et reconnaissent qu'ils ont été induits en erreur.

Mais il reste à M. Macqueron l'appui de M. l'Ingénieur ordinaire de l'arrondissement d'Abbeville, qui lui est constamment venu en aide dans ses difficultés avec M. Vayson.

Deux procès suivis par M. Macqueron contre M. Vayson, l'un civil, l'autre administratif, ont, pour ainsi dire, marché parallellement. Dans l'instance civile les tribunaux avaient à décider si le moulin de Patience avait droit à toutes les eaux des sources jaillissantes dans la propriété de M. Macqueron. Dans l'instance administrative, il s'agissait de savoir si M. Vayson possédait illégalement la chûte du moulin de Patience, et s'il devait l'abaisser pour le plus grand profit de M. Macqueron, dont la propriété aurait été inondée.

Cette assertion était celle de M. l'Ingénieur, consignée dans un premier rapport. M. Macqueron, s'appuyant sur ce document, avait formulé sa demande du 10 avril 1854; et il insistait auprès de M. le Préfet pour faire ordonner un nivellement à l'effet d'établir *que sa propriété était couverte d'eau*, lorsque la rivière était tenue à la hauteur du repère de l'usine.

Cette demande donna lieu au rapport du 1er décembre 1854, auquel était joint un plan qui figurait toutes les prairies situées entre le Scardon et le Novion comme submergées, à l'exception de la propriété de M. de Wadicourt, habitée par M. de Moismont. Dans ce rapport, M. l'Ingénieur mettait en principe, « que les servitudes acquises n'étaient pas de » nature à entraver la marche de l'administration; que celle-ci devait » dans un but d'intérêt général, faire table rase des droits et titres » antérieurs à sa décision; » et il concluait à ce que le niveau actuel de la retenue du moulin de Patience fût abaissé de 0 m 39. Dans ce même rapport, M. l'Ingénieur avait présenté les cotes 12 m 90, 12 m 88, 12 m 78 comme donnant le niveau des points les plus bas des environs de la Sautine; (profils 13, 14 et 15).

M. Macqueron s'emparant de ces chiffres et s'en faisant une arme contre M. Vayson dans l'instance civile, fit signifier et plaider devant la Cour impériale d'Amiens, le 13 juin 1855 : « que le niveau de ses » près était 12 m 90, 12 m 88, 12 m 78; soit en moyenne 12 m 853; d'où il » résultait que la surface générale de sa propriété était de 0 m 138 en » contrebas de la surface des eaux de la Sautine; et que si les digues » de cette rivière étaient rompues, sa propriété, consistant en 22 hectares » de prés, serait complètement submergée.

Les articulations de M. Macqueron ayant été contredites par M. Vayson, la Cour en ordonna la vérification par experts.

M. Vayson ne saurait se dispenser de rappeler ici que, dès l'origine de ses difficultés avec MM. Macqueron, Delegorgue et de Moismont, il s'était adressé à l'Administration pour faire restituer à son usine les eaux qui en avaient été détournées et que, par décision du 16 mars 1854, conforme à l'avis du Conseil général des Ponts et Chaussées, M. le Ministre de l'Agriculture et du Commerce avait déclaré « qu'il appartenait aux tribunaux » civils de résoudre ces sortes de contestations, et que, pour laisser la » question entière, l'Administration devait momentanément s'abstenir de » réglementer les ouvrages établis ou à établir par MM. Macqueron, » Delegorgue et Consorts. »

Cette règle de conduite, si sage et si équitable, adoptée par l'Administration, aurait dû être suivie à l'égard de M. Macqueron, comme elle l'avait été à l'égard de M. Vayson. Cependant l'instruction administrative de la demande de M. Macqueron a presque toujours devancé les errements du procès civil, et elle a exercé une influence désastreuse sur l'issue de ce procès. Nous disons désastreuse, car il est déjà démontré que M. Macqueron a trompé la religion de la Cour, lorsqu'il présentait les cotes 12 ^{m} 90, 12 ^{m} 88, 12 ^{m} 78 comme établissant le niveau moyen de la surface de ses prairies. Ces trois cotes ont été prises dans les fossés et donnent par conséquent la moyenne du niveau des fossés de M. Macqueron. Si l'on prend, au contraire, les cotes de M. l'Ingénieur lui même sur le sol naturel de la prairie, on trouve au profil 13 (à 130 ^{m} du fossé) la cote 12 ^{m} 49 : au profil 14 (à 105 ^{m} du fossé) la cote 12 ^{m} 61 : au profil 15 (à 134 ^{m} du fossé) la cote 12 ^{m} 67. D'où résulterait une moyenne de 12 ^{m} 59 et la preuve que le niveau moyen de cette partie des prés de M. Macqueron (la plus basse de toutes) serait de 0 ^{m} 13 ^{c} en contre-haut de la surface de la Sautine; ce qui ferait enfin une différence de 0 ^{m} 268, entre les assertions de M. Macqueron et les cotes de M. l'ingénieur, prises sur la surface de la prairie.

Nous avons dit comment M. Macqueron s'était servi des nivellements présentés par M. l'Ingénieur pour obtenir l'arrêt interlocutoire du 13 juin 1855; nous dirons maintenant comment l'expertise a été faite. Les experts nommés par la Cour étaient deux ingénieurs et un arpenteur d'Amiens : ils se sont mis en rapport avec M. l'ingénieur d'Abbeville, et après avoir visité les lieux contentieux, ils ont confié aux employés de M. de Lagrené le soin de faire le nivellement de la propriété de M. Macqueron. Les employés ont fait cette opération comme ils l'avaient faite une première fois par les ordres de leur chef; ils l'on faite sous les yeux de M. Macqueron, mais hors la présence de M. Vayson, et sans le prévenir.

L'expertise n'était donc pas l'œuvre des experts. Cependant M. l'Ingénieur de Lagrené se l'est appropriée dans son rapport du 25 octobre 1855; et ces deux documents ont été produits devant la Cour comme se confirmant l'un l'autre.

M. Vayson avait le plus grand intérêt à faire vérifier les derniers nivellements qui lui étaient opposés. Après avoir inutilement sollicité cette permission de M. l'Ingénieur, il s'est adressé à M. le Préfet, qui la lui a accordée avec la plus grande bienveillance. Une vérification a eu lieu les 18 et 19 février 1856, par M. Delahaye désigné à cet effet, contradictoirement avec les employés de M. l'Ingénieur d'Abbeville. Dans la partie A, (d'une contenance de 1 hectare 68 ares 85 centiares), qui est teintée en bleu comme devant être submergée, et où l'on trouve par exemple la cote $10^m 220$, à l'ordonnée 10^m; la vérification a donné sur ce même point $10^m 39$: différence $0^m 181$.

Pour toute cette partie A du plan de M. l'Ingénieur, la vérification a été faite par la levée de 9 profils et de 212 cotes prises à des distances égales. La moyenne de cette opération a donné $10^m 049$ au lieu de $10^m 180$, moyenne que présente le plan de M. l'Ingénieur.

Pour la partie B, figurée sur le plan comme entièrement submergée à la cote $10^m 110$, la vérification sur 28 cotes offre une moyenne de $9^m 962$: différence $0^m 148$. — L'opération de MM. Delahaye, Delgove et Mellier n'a porté que sur une très faible partie de la propriété de M. Macqueron et elle a donné des résultats aussi importants. M. Vayson demande que la vérification se fasse pour toute la propriété de M. Macqueron, afin que l'administration supérieure puisse statuer en connaissance de cause sur les questions qui lui sont soumises. Les conclusions de M. l'Ingénieur, dans ses rapports des 1er décembre 1854 et 23 octobre 1855, ne tendent à rien moins qu'à l'anéantissement de l'usine de M. Vayson.

En présence de telles conclusions, il est essentiel que l'Administration apprécie quel degré de confiance méritent les travaux et les assertions de M. l'Ingénieur. Lors de ses premiers nivellements, il avait présenté les prairies, situées entre le Scardon et le Novion, comme entièrement submergées et alors il proposait de réduire de 0 m 59 c. le niveau légal de la retenue du moulin de Patience. Dans son rapport du 23 octobre 1855, il reconnait que toutes les prairies sont à plus de 0 m 16 c. en contre-haut du repère, et il propose de réduire le point d'eau de 0 m 65, dans l'intérêt de M. Macqueron, pour quelques parties marécageuses de sa propriété.

Admettre l'une ou l'autre de ces conclusions, ce serait prononcer la suppression d'une usine qui date de l'année 1421, et dont la retenue a été régularisée par l'ordonnance du 24 avril 1844.

Il est bon de rappeler ici que cette ordonnance a été rendue par suite d'une instruction qui a duré plus de 10 ans, et pendant laquelle MM. Macqueron et consorts ont gardé le silence le plus absolu. Il est bon de citer aussi l'opinion de deux ingénieurs fort distingués, qui, par leurs travaux, ont contribué au règlement du point d'eau du moulin de Patience.

Voici comment s'exprimait M. l'Ingénieur Fouache, (rapport du 28 février 1832) : » Je me suis assuré que c'est le point d'eau auquel ont droit les » pétitionnaires par un long usage qui ne parait pas exciter de plaintes » de la part des propriétaires supérieurs. »

(28 mai 1832) « Je dois déclarer que, lorsque j'ai visité l'usine, le » dessus de la vanne de décharge avait été baissé de 0 m 08 c. (3 pouces » environ) ; qu'en conséquence, cette vanne se trouvait moins haute de » cette quantité que celle qui existait avant les changements opérés et » que le point d'eau de l'usine se trouvait ainsi abaissé de 0 m 08.

(Rapport de M. l'Ingénieur Beaulieu, du 23 novembre 1842) « Eu égard

» à ce qu'aucune réclamation n'a été faite au sujet de la tenue des eaux
» en amont de la scierie des sieurs Gamain et Henocque, notre avis est
» d'approuver les changements qu'ils ont faits au système hydraulique de
» l'ancien moulin de Patience pour établir cette scierie et de régulariser
» l'existence de ladite usine, qui n'a jamais été légalement autorisée. »

(28 juillet 1843) « Nous croyons qu'en adoptant le point d'eau indiqué
» dans notre rapport du 23 novembre dernier, l'Administration ne blesse
» nullement les intérêts et les droits des propriétaires des terrains situés
» en amont de la scierie, et nous en donnons pour preuve que ce point
» d'eau est de 0 ^m 08 plus bas que celui de l'ancien moulin de
» Patience. »

C'est ainsi que ces deux ingénieurs appréciaient les droits des usiniers
et la situation faite aux riverains par la régularisation du point d'eau
du moulin de Patience.

Sur quoi M. l'Ingénieur de Lagrené se fonde-t-il pour proposer de
réduire à 0 ^m 59, et même à 0 ^m 11, cette retenue qui avait été fixée à
0 ^m 76 par l'ordonnance réglementaire du 24 avril 1844 ; qu'il porte, lui,
à 1 ^m 51, sans autre explication ? Il s'est basé sur des données inexactes,
sur des documents erronés. Il a déjà rectifié en partie les erreurs dans
lesquelles il était tombé. Il a écarté, par son dernier rapport, les plaintes
de vingt et quelques signataires de pétitions, plaintes qu'il avait accueillies
d'abord et qu'il déclare aujourd'hui mal fondées. Les articulations de M.
Macqueron lui même sont aux trois quarts anéanties, et cependant M.
l'Ingénieur persiste dans ses propositions ; il les aggrave à un tel point,
qu'elles auraient infailliblement pour effet la destruction de l'usine de M.
Vayson, sans indemnité préalable.

Justement alarmé de pareilles tendances, convaincu d'ailleurs que de
graves erreurs ont été commises dans les nivellements de M. l'Ingénieur
et de ses employés, M. Vayson en a sollicité la vérification ; cette
vérification a été faite pour une partie de la propriété de M. Macqueron.
Elle a donné des résultats contraires aux assertions de M. l'Ingénieur ;
elle a surélevé, si nous pouvons nous exprimer ainsi, le niveau moyen

de la partie la plus basse des prairies de M. Macqueron. M. Vayson a la confiance qu'une vérification générale amènera les mêmes résultats et fera découvrir des erreurs fort graves commises par M. l'Ingénieur dans le nivellement des autres parties de la propriété de M. Macqueron, même de celles qui sont cotées comme insubmersibles.

Déjà la vérification des parcelles A et B, pour 2 hectares 50 ares environ, nous démontre qu'elles ne peuvent jamais être inondées par les eaux de la Sautine tenues au repère. Ce résultat est de nature à calmer la sollicitude de M. l'Ingénieur pour la salubrité publique. Il n'y a point à craindre l'existence, à 100 mètres des murs de la Ville, d'une surface d'eau de plusieurs hectares, formant un foyer d'émanations malsaines et mettant en danger la vie des habitants. La plupart des signataires de pétitions ont désavoué ce qu'ils avaient signé, et ils ont déclaré que jamais ils n'avaient eu connaissance d'émanations pestilentielles occasionnées par la Sautine.

AMIENS. DE IMP. E. YVERT.

www.ingramcontent.com/pod-product-compliance
Lightning Source LLC
Chambersburg PA
CBHW061435170626
46811CB00005B/2290